1902 (juin 6)
AF620431

Succession de M. J. B...

TABLEAUX

MODERNES

Objets d'Art & d'Ameublement

SIÈGES COUVERTS EN TAPISSERIE LOUIS XVI

CATALOGUE

DES

Tableaux Modernes

AQUARELLES

ŒUVRES IMPORTANTES D'HARPIGNIES

Objets d'Art et d'Ameublement

Bronzes — Pendules

SIÈGES COUVERTS EN TAPISSERIE LOUIS XVI

Dont la Vente après décès de M. J. B...

AURA LIEU

HOTEL DROUOT, SALLE N° 6

Le Vendredi 6 Juin 1902

à trois heures

COMMISSAIRE-PRISEUR

M. L. TUAL, 56, Rue de la Victoire.

EXPERTS

M. GEORGES PETIT
12, Rue Godot-de-Mauroi.

MM. MANNHEIM
7, Rue Saint-Georges.

EXPOSITION PUBLIQUE

Le Jeudi 5 Juin 1902, de 1 heure 1/2 à 5 heures 1/2

MOREAU-NÉLATON
1927

CONDITIONS DE LA VENTE

Elle sera faite au comptant.

Les acquéreurs paieront *dix pour cent* en sus des prix d'adjudication.

L'Exposition mettant le public à même de se rendre compte de l'état et de la nature des objets, il ne sera admis aucune réclamation une fois l'adjudication prononcée.

Paris. — Imp. Georges Petit, 12, rue Godot-de-Mauroi. — 11980-02.

TABLEAUX

ÉCOLE FRANÇAISE

1 — *Le Triomphe de Bacchus.*

Panneau. Haut., 49 cent.; larg., 73 cent.

ÉCOLE FRANÇAISE

2 — *L'Enlèvement d'Europe.*

Toile. Haut., 65 cent.; larg., 92 cent.

ÉCOLE HOLLANDAISE

3 — *Copie d'après Van Dyck.*

Toile. Haut., 51 cent.; larg., 63 cent.

ÉCOLE ITALIENNE

4 — *La Descente de Croix.*

Peinture sur cuivre.

Haut., 17 cent.; larg., 19 cent.

ÉCOLE ITALIENNE

5 — *Scène religieuse.*

Peinture sur cuivre.

Haut., 17 cent., larg., 19 cent.

FAUVEL (H.)

6 — *Les Chaumières.*

Signé à droite, en bas, et daté : *1874.*

Toile. Haut., 21 cent.; larg., 32 cent.

FAUVEL (H.)

7 — *Le Quai des Esclavons, à Venise.*

Signé à droite, en bas.

Toile. Haut., 37 cent.; larg., 55 cent.

FAUVEL (H.)

8 — *Une Partie de chasse dans l'Allier.*

Signé à droite, en bas, et daté : *1881*.

Toile. Haut., 1 m. 17 ; larg., 2 m.

GARDETTE (L.)

9 — *Cour de ferme.*

Signé à droite, en bas, et daté : *1884*.

Toile. Haut., 28 cent.; larg., 40 cent.

GARDETTE (L.)

10 — *Dans l'enclos.*

Signé à gauche, en bas, et daté : *1884*.

Toile. Haut., 32 cent.; larg., 40 cent.

GARDETTE (L.)

11 — *La Fabrication du cidre.*

Signé à droite, en bas, et daté : *1884*.

Toile. Haut., 32 cent.; larg., 40 cent.

HARPIGNIES

12 — *La Rivière à Hérisson (Allier).*

Au premier plan, au bord de la rivière aux eaux transparentes, dans lesquelles se reflètent le ciel pur et les grands arbres, un chemin bordé de haies serpente : une femme y étend du linge et des enfants y sont assis.

Au delà du chemin, derrière les haies, on aperçoit les prés luxuriants aux vallonnements doux, sur lesquels de nombreux bouquets d'arbres de différentes essences se dressent dans le ciel bleu.

Au fond, à droite, une colline boisée s'avance comme un coin dans la vallée profonde, puis, à l'horizon, une ligne de collines azurées sur lesquelles le soleil met des taches de lumière.

Signé à gauche, en bas, et daté : *1876.*

Toile. Haut., 1 m. 09; larg., 1 m. 68.

12 HARPIGNIES. *La Rivière à Hérisson (Allier).*

HARPIGNIES

13 — *La Fileuse.*

Au premier plan, assise sur une roche moussue, émergeant du sol couvert d'herbe luxuriante, une vieille paysanne bourbonnaise tricotte, le dos tourné à la rivière qui coule derrière elle.

De grands arbres, aux troncs élancés, au feuillage rare, se dressent sur la première berge, tandis que, de l'autre côté de la rivière, d'autres arbres encore mettent une tache sombre dans l'azur du ciel.

Au fond, à l'horizon, une éclaircie sur la campagne laisse apercevoir des bois qui s'illuminent sous les rayons d'un chaud soleil de mai.

Signé à droite, en bas.

Toile. Haut., 38 cent.; larg., 46 cent.

13 — HARPIGNIES. *La Fileuse.*

HARPIGNIES

14 — *La Sortie de l'église, à Chateloy (Allier).*

Dans l'embrasement du soleil couchant, la vieille église de Chateloy dresse son clocher d'ardoise, qui domine un petit cimetière dont on aperçoit à gauche les tombes et les croix.

En face, à droite, une vieille masure au toit de chaume, aux fenêtres rares, cache ses murs délabrés dans la verdure d'un jardin clôturé d'une barrière en bois.

De nombreux fidèles viennent de quitter l'église après avoir entendu l'Angelus : des hommes, des femmes, des enfants, se hâtent de regagner leur demeure, tandis qu'au premier plan, à droite, un vieillard à blouse bleue, à laquelle s'accroche un bambin, marche péniblement appuyé sur deux bâtons qui soutiennent ses pas chancelants.

Signé à gauche, en bas.

Panneau. Haut., 39 cent.; larg., 32 cent.

HARPIGNIES

15 — *Les Laveuses.*

Sur les bords d'une rivière aux eaux bleutées, un groupe de laveuses s'occupe à lessiver du linge qu'elles vont étendre ensuite sur les cailloux du rivage.

Au fond, à droite, sur l'autre bord, on aperçoit de nombreux massifs d'arbres, à travers lesquels sont tapies quelques maisonnettes aux toits de tuiles.

Le ciel est d'azur avec quelques nuages blancs.

Signé à gauche, en bas.

Toile. Haut., 21 cent.; larg., 32 cent.

HARPIGNIES

16 — *Les Ruines du château d'Hérisson (Allier).*

Sur une colline, s'élevant au milieu de la vallée, se dressent les ruines d'un vieux château moyen-âge, dont les tours démantelées dominent le village : ses maisons, aux toits de tuile, sont construites au pied de l'antique castel.

Au fond, à droite, une succession de collines laissent apercevoir un horizon lointain.

Au premier plan, à gauche, deux petits paysans debout causent à une fillette assise sur le gazon.

Signé à gauche, en bas.

Toile. Haut., 41 cent.; larg., 65 cent.

HARPIGNIES

17 — *Le Bouquet de frênes.*

Sur un tertre élevé, du sommet duquel l'œil domine la verte campagne où les cultures diverses mettent des notes de différentes couleurs, deux frênes, au tronc élancé, étalent dans le ciel bleu leurs rameaux verdoyants sur lesquels le soleil met de chatoyants reflets.

L'horizon est borné par une ligne de hautes collines, dont les contours harmonieux se dessinent dans la brume du matin.

Signé à gauche, en bas, et daté : *Juillet 74.*

Toile. Haut., 46 cent.; larg., 37 cent.

HARPIGNIES

18 — *La Rivière.*

Bordée de grosses roches couvertes de mousses, que l'on aperçoit de place en place à travers les fougères, la rivière serpente entre deux hautes berges, sur lesquelles des arbres robustes dressent dans l'azur du ciel leur feuillage tenu.

Au fond, l'horizon est coupé par de hautes collines s'estompant dans le ciel.

Signé à droite, en bas, et daté : 72.

Toile. Haut., 22 cent.; larg., 34 cent.

HARPIGNIES

19 — *La Rivière, à Hérisson (Allier).*

A droite, descendant vers la rivière limpide où se réfléchissent les grands arbres qui poussent sur ses bords, un sentier dévale sur lequel marche une paysanne portant un panier au bras.

Au fond, à gauche, un pont cintre son arche au-dessus du ruisseau.

Signé à gauche, en bas, et daté : *1892;* à droite : *Hérisson.*

Panneau. Haut., 24 cent.; larg., 33 cent.

HARPIGNIES

20 — *Vue panoramique en Bourgogne.*

Les collines, les unes boisées, les autres dénudées, s'étendent à perte de vue, tandis qu'au fond de la vallée une petite rivière aux eaux transparentes déroule son ruban d'argent.

Signé à gauche, en bas.

Toile. Haut., 19 cent.; larg., 31 cent.

NOEL (Jules)

21 — *Le Relai de la diligence.*

L'antique et robuste diligence, à la caisse jaune, à la bâche découverte, traînée par quatre robustes chevaux blancs que retient un postillon, s'est arrêtée devant l'auberge.

Les nombreux voyageurs en profitent, les uns pour se dégourdir les jambes, les autres pour se restaurer et lutter contre les fatigues et les poussières de la route, en absorbant cidre, vin et autres liquides.

Au fond, à gauche, la route grimpe au flanc de la montagne couverte de bois.

Signé à droite, en bas, et daté : *1876.*

Toile. Haut., 48 cent.; larg., 65 cent.

NOEL (Jules)

22 — *La Rentrée au port.*

Par un gros temps qui fait moutonner les vagues vertes et courir au ciel sombre de noires nuées, de lourds bateaux de pêche, aux voiles carguées, accostent au quai, tandis que de nombreux pêcheurs réunissent leurs efforts pour assurer, avec de solides filins, l'amarrage de leurs bateaux.

Au fond, on aperçoit la silhouette d'un village, et le clocher d'une église qui se profilent dans le ciel.

Signé à gauche, en bas, et daté : *Bretagne, 1876.*

Toile. Haut., 70 cent.; larg., 99 cent.

NOEL (Jules)

23 — *La Sortie du port.*

Un brick à la coque jaune et liston noir, aux voiles brunes gonflées par le vent, s'apprête à gagner la pleine mer, suivi de quelques autres canots montés par de nombreux pêcheurs.

Au fond, à gauche, un trois mâts cingle vers l'horizon.

A droite, la falaise grise, au pied de laquelle des barques sont échouées.

Signé à gauche, en bas, et daté : ***Normandie,*** *1876.*

Toile. Haut., 70 cent.; larg., 99 cent.

NOEL (Jules)

24 — *Les Laveuses d'Hennebont, en Bretagne.*

Au bord d'un ruisseau qui coule des eaux claires et azurées, de nombreuses Bretonnes, en coiffe blanche, lavent des monceaux de linge, tout en se racontant les petites nouvelles du pays.

Signé à droite, en bas, et daté : ***Bretagne,*** *1876.*

Toile. Haut., 27 cent.; larg., 36 cent.

WAGNER (Ferdinand)

25 — *La Prière.*

Signé à droite, en bas, et daté : *Munich.*

Toile. Haut., 1 m. 08 ; larg., 74 cent.

AQUARELLES

HARPIGNIES

26 — *Une Rue, à Hérisson (Allier).*

A gauche, une rangée de vieilles maisons sur lesquelles le soleil met des taches d'ombre.

A droite, d'autres maisons encore, devant lesquelles deux cabriolets sont dételés.

Des enfants jouent dans la rue; d'autres, assis sur le trottoir, s'abritent contre les rayons du soleil.

Signé à gauche, en bas, et daté : *1875*.

Aquarelle.

Haut., 25 cent.; larg., 34 cent.

HARPIGNIES

27 — *L'Église d'Hérisson (Allier).*

Au fond, l'église d'Hérisson dresse son élégant clocher d'ardoises dans le ciel bleu.

A gauche, de nombreux habitants stationnent à l'ombre des maisons de la petite place.

Au ciel courent de gros nuages blancs.

Signé à gauche, en bas, et daté : *1876.*

Aquarelle.

Haut., 25 cent.; larg., 28 cent.

NOEL (Jules)

28 — *Le Coup de vent.*

Sur la plage d'Étretat, devant les cabines des bains et le sémaphore, dont des drapeaux claquent à la brise du large, de nombreux baigneurs, hommes, femmes et enfants, se hâtent de fuir l'orage, dont les gros nuages noirs s'amoncellent à l'horizon

Au fond, à gauche, une barque de pêche, montée par quelques matelots, s'apprête à rentrer au port, luttant contre les grosses vagues qui viennent déferler sur la plage de galets.

Signé à droite, en bas, et daté : *1876.*

Aquarelle.

Haut., 29 cent.; larg., 41 cent.

NOEL (Jules)

29 — *La Falaise d'Étretat.*

Sur la plage, quelques pêcheurs chargés de filets s'apprêtent à mettre à flot deux barques équipées pour la pêche.

Au fond, à gauche, la falaise sur laquelle on aperçoit les maisons d'un petit village.

Puis, à droite, la mer immense où navigue un brick à voiles blanches.

Signé à droite, en bas, et daté : *1876*.

Aquarelle.

Haut., 29 cent.; larg., 41 cent.

OBJETS D'ART

ET

D'AMEUBLEMENT

BRONZES, PENDULES

30 — Statue en bronze : enfant au coquillage, de *Carpeaux*.

31 — Buste en bronze, grandeur nature : bacchante, de *Clésinger*.

32 — Le taureau romain; bronze, signé : *Clésinger*.

33 — Les Chevaux de Marly, bronze, de *Coustou*.

34 — Statuette en bronze : l'Hiver, de *Houdon*. Maison Barbedienne.

35 — Statuette en bronze : l'Été, de *Houdon*. Maison Barbedienne.

36 — Statuette en bronze : la Bayadère, de *Mercier*, d'après *Gérôme*. Maison Goupil.

37 — Groupe en bronze : l'Union, signé : *Moreau.*

38 — Bénitier en bronze orné de trois amours.

39 — Pendule Louis XIV sur socle-applique en marqueterie de cuivre, sur écaille, garnie de bronzes : figurine de la Renommée, bas-relief, etc.

40 — Garniture de cheminée en bronze et albatre : pendule ornée d'une statuette de Diane de Gabies, et deux candélabres formés de vases de style antique. Maison Barbedienne.

41 — Garniture de cheminée en bronze et marbre vert de mer : pendule, surmontée d'une statuette, la Zingara, de *Clésinger*, et deux coupes. Maison Barbedienne.

42 — Pendule en bronze doré : Chinois et éléphant : base rocaille.

43 — Buste en terre cuite : « Pourquoi naitre esclave ? » de *Carpeaux*.

44 — Buste en terre cuite : la Rieuse, de *Carpeaux*.

MEUBLES & SIÈGES

45 — Meuble-étagère du Tonking, en bois sculpté.

46 — Glace dans un cadre en bois ajouré et doré.

47 — Fauteuil en bois sculpté garni de cuir.

48 — Coffre en bois sculpté à motifs gothiques, avec serrure.

49 — Coffre en bois sculpté à décor de rinceaux et palmettes.

50 — Bureau à dos d'âne en marqueterie de bois de couleurs, à carrelages.

51 — Deux meubles à hauteur d'appui en marqueterie de bois de couleurs, et bronzes.

52 — Deux meubles à hauteur d'appui en boir noir et bronzes : sur la porte, vase de fleurs en applications de marbres de couleurs ; dessus de marbre blanc.

53 — Armoire normande vitrée, bois sculpté, à décor de fleurs et oiseaux.

54 — Grand meuble à quatre portes et deux tiroirs, bois sculpté, à colonnettes et moulures guillochées.

55 — Table oblongue Régence en bois sculpté à coquilles, dessus formé d'un plateau en ancienne faïence italienne à décor bleu : rocailles et oiseaux.

56 — Canapé en bois laqué gris, couvert en tapisserie d'Aubusson du temps de Louis XVI, à dessin de vases de fleurs et rinceaux sur fond blanc avec encadrement vert.

57 — Six fauteuils en bois laqué gris, couverts en tapisserie d'Aubusson du temps de Louis XVI, à dessin d'animaux sur les sièges, et personnages sur les dossiers, fond blanc encadré de vert.

RED. :

20

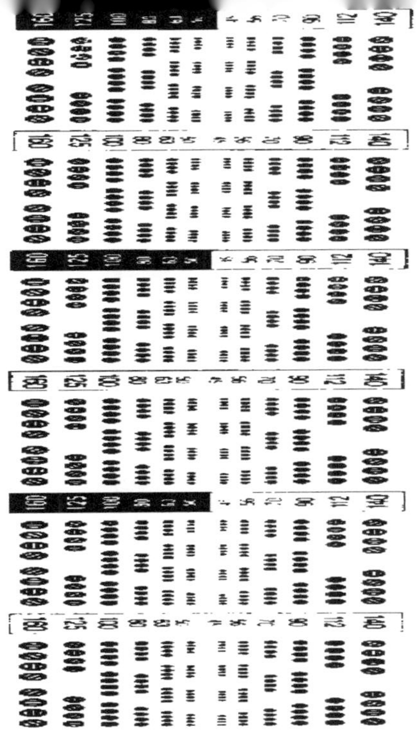

MIRE ISO N° 1
NF Z 43-007
AFNOR
Cedex 7 - 92080 PARIS-LA-DÉFENSE

graphicom 379 88 70

0 1 2 3 4 5 6 7 8 9 10

BIBLIOTHEQUE
NATIONALE
DE FRANCE
****
CHATEAU
DE
SABLE
1996